献给朱诺，我的狼……若没有你，本书将不会存在。
——刘慧骅

献给每一位在漫漫征途中求索的人。
——莎娜

MONSTRESS 魔姬

第一卷
觉 醒

收录
《魔姬》连载版
1-6期

[美] 刘慧骅 著

[日] 武田莎娜 绘

思凝 译

鸽子 校

新星出版社　NEW STAR PRESS

……那正是我想要避免的。

你可以把这个魔精献给我们。

还有那个狐狸仔，那个独眼怪，以及那个长着没用翅膀的烊子。

女士，有什么能为库玛伊效劳的吗？

当然，女士。

……腐败……又**自以为是**的嬷嬷……自以为统治着我们……这可是中立地带，该死的……

伊先生，两个月后，你的妻子将会发现你和另一个男人同床。

之后不久，人们会发现你僵硬冰冷的尸体，奇怪的是没有人会被指控。好好想想吧。

伊尔萨？把这些魔精送到我在库玛伊据点的实验室好吗？

如您所愿，女士。

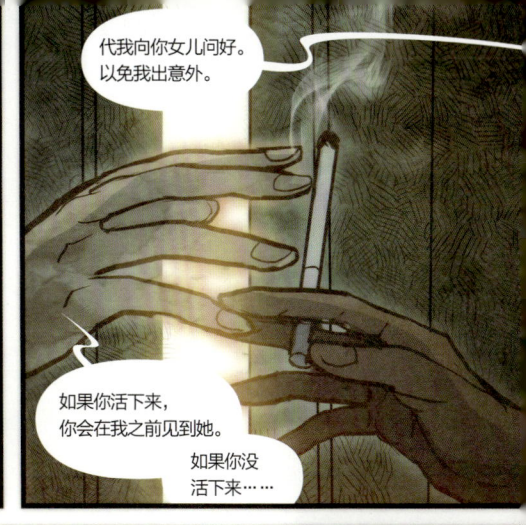

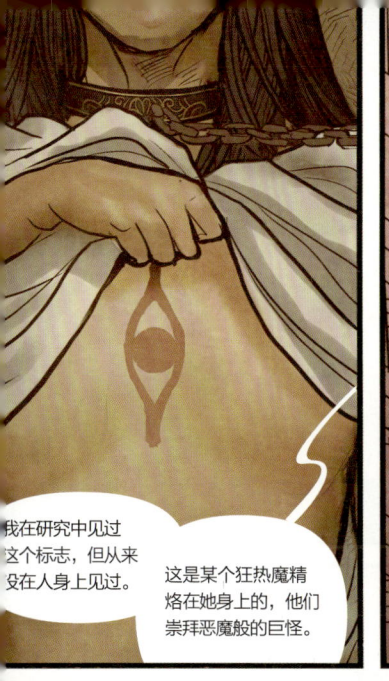

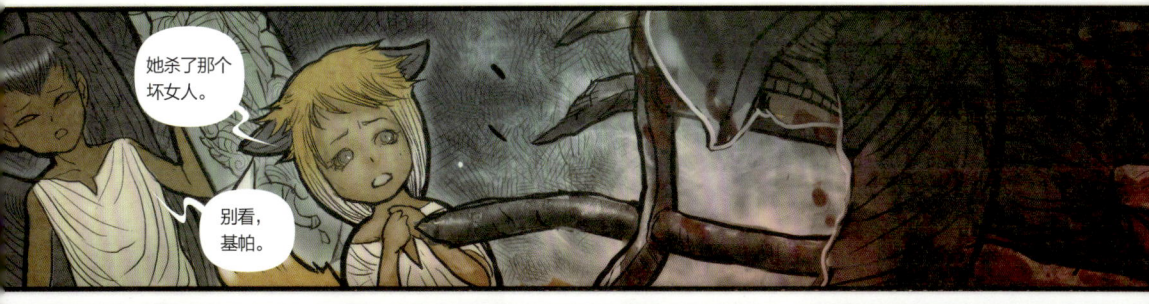

你——

别。

把刀给我。

怎么给?你手都占满了。

索菲亚!

咯 SHNK

贱人,把刀放在地上,站到墙边去。

你想要什么?

痛快地给我一个简单的答案。

在哪儿?

我不——

嚓 SKKRRCH

我不会问第二次的。

啊啊啊!

SNIFF SNIFF
闻闻

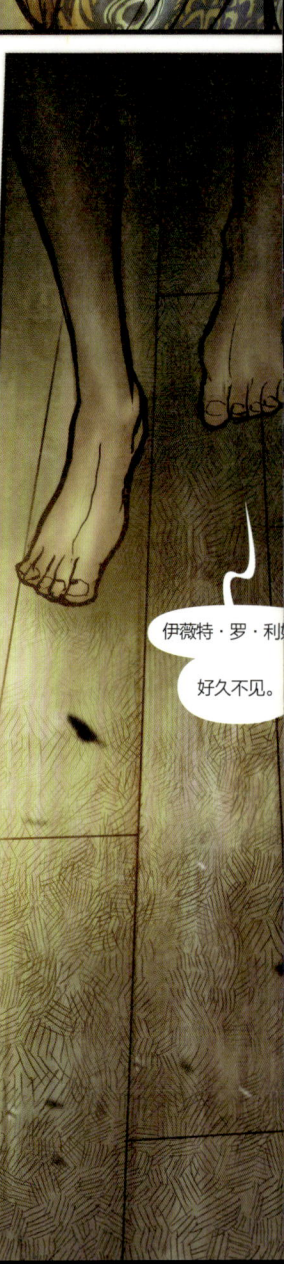

一个月前。

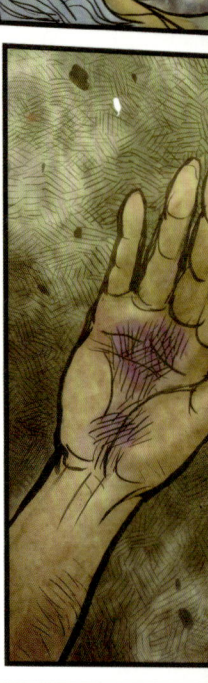

靠。

小姐!

我们得快点！我听见他们追上来了！

已经很近了……我们已经离我朋友很近了……

吓

雅缇娜女士…… 你看起来几乎完全恢复了容貌。那些新的百合香膏对伤疤真有奇效，不是吗？

但瞧瞧它对头发的影响。

尊敬的审判官阁下，见到您……很荣幸……我请求您最仁慈的宽恕。

恐怕你要乞求的比这更多，不过先谈公事。

主母教长已经亲自来找伊薇特女士了，她在哪儿？

死了。

那面具呢？

什么面具？

啊哈。

雅缇娜女士,我的女儿们在寝宫和索菲亚小姐的实验室中发现了大量百合露。

高纯百合露,竟然是从一位先祖身上提取的,这彻底违背欧林条约。

我十分怀疑这一点。

不过,既然碰巧有百合露,伊薇特不能就这么死了。

至高圣母啊,我一心以为索菲亚小姐研究中所用的百合露是经过最高议会批准的。

主母教长,要让临时复活术生效,必须先处理好尸体,还要调配百合露。

整个过程至少需要一周,而效果极少能持续一分钟以上,索菲亚小姐是唯一一个能——

可惜索菲亚小姐现在还在床上当烤肉。

要有信念,雅缇娜。女神总能为我们指引道路,尤其是为那些**最虔诚的**仆从们。

SHHKK
嚓

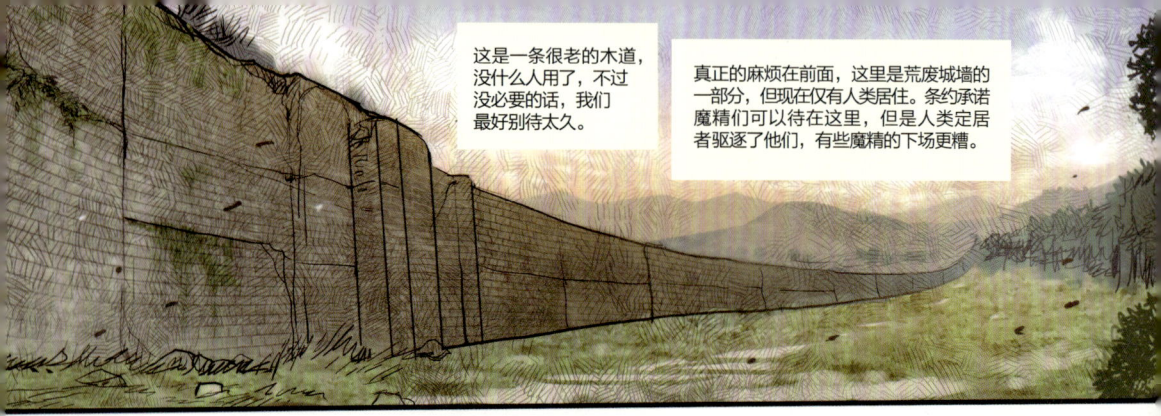

这是一条很老的木道，没什么人用了，不过没必要的话，我们最好别待太久。

真正的麻烦在前面，这里是荒废城墙的一部分，但现在仅有人类居住。条约承诺魔精们可以待在这里，但是人类定居者驱逐了他们，有些魔精的下场更糟。

这货车的底部有个秘密车厢，麦卡和小基帕可以藏在里面。

至于仁大师，最好把你的尾巴藏起来，然后表现得……更像猫。

喵？

进去吧。

不，我不想和你单独在一起，在暗处不行。

已经没时间——

我不管，我知道我看到了什么，我知道她对他做了什么。

他？

那个男孩，那个没有手的男孩儿。

哦，你已经把他给忘了。

他在哪儿？告诉我！

他死了。

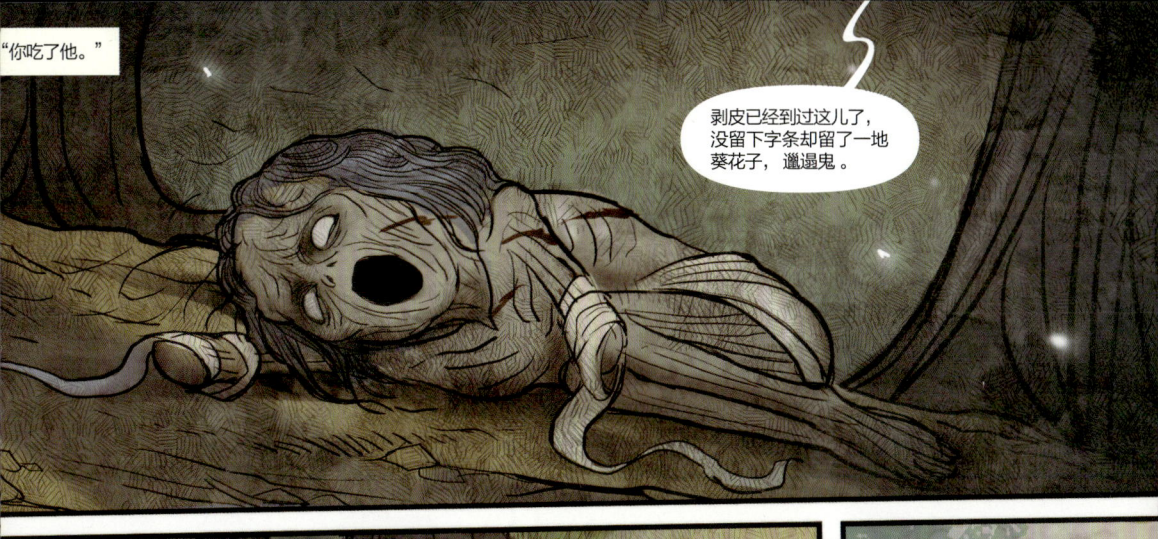

"你吃了他。"

剥皮已经到过这儿了,没留下字条却留了一地葵花子,邋遢鬼。

所以这是怎么回事?那魔精把他给烧死了?

不可能,他不可能是地狱力量杀死的,不这片森林都会消失。

你能肯定吗,大锤?

可是刺针——相信你的姐妹,你当时并不在康斯坦丁。

但她在场。

以下摘录自可敬的**塔姆·塔姆教授**的讲座，这位渊博的学者是南农·黑爪的同辈人，曾任伊思哈密圣殿的首席书记官。

> 让我们继续学习已知世界，今天要讨论的是古代贸易城市赞摩拉塔——也就是今天的赞摩拉。

> 赞摩拉塔建立于众神消逝后不到五百年，起初不过是人类和魔精商人跨越大陆的漫长贸易路线上的一个固定营地。

> 人类的商队在去往魔精王国的路上会在这里停驻，他们中最远的可能来自灼烧海岸，而魔精的商队——哪怕是从极北的阿坎格拉斯来——也会在赞摩拉塔河畔扎营休息。

> 听好了，你们这些小猫：商人们曾经是异邦之间真正的使节，他们交易的可不仅仅是香料、玻璃和布匹。

> 他们传递了彼此的音乐、诗歌与书籍，他们交换了想法、信仰和技术，他们建立了长久的友谊，代代传承分享，就像血缘关系一样。

> 赞摩拉塔正是因为这样的友谊才成其伟大。这个城市建立在信任的骨骼之上，成为了其他城市的榜样。没有赞摩拉塔，庞图斯的伊甸城、欧林或是泰芮亚都不会存在。

> 唉，交流与沟通的黄金时代一去不返，我们的世界分崩离析。一边是人类联邦和库玛伊同盟——而另一边则是魔精众王国。

> 赞摩拉塔——这个曾经把不同种族聚集在一起的边境城市，这个所有文明的交汇点——现在成为了阴谋、猜疑和战争酝酿的地方。许多人认为这里将会是下一场冲突的爆发点。

> 友谊的丰碑早已被遗忘……

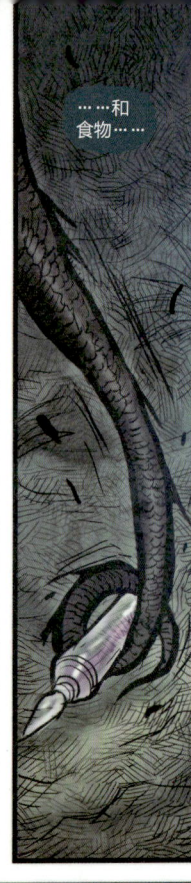

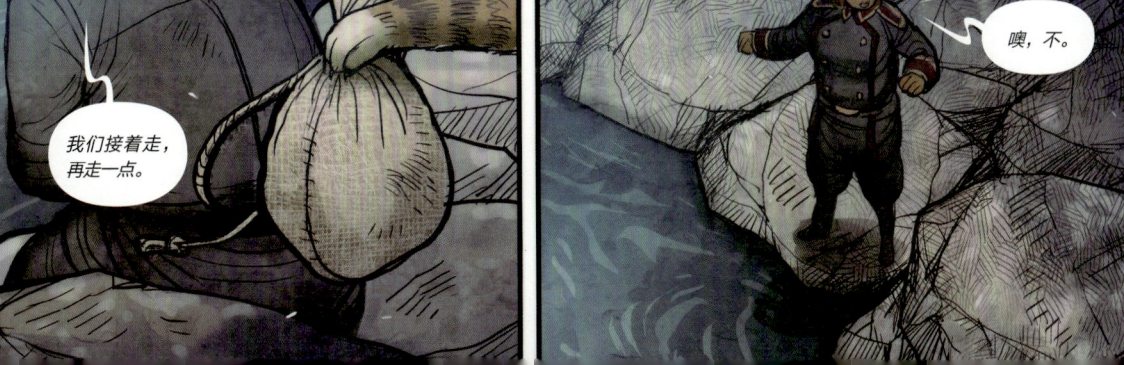

以下摘录自可敬的**塔姆·塔姆教授**的讲座，这位渊博的学者是南农·黑爪的同辈人，曾任伊思哈密圣殿的首席书记官。

即使到了现在，对于人类联邦和魔精帝国在近代第一次分裂的原因，诗人们仍没有达成共识。

当时的情况，正如法猫九尾瓦坎德所说，"好比一只猫被连续抓伤，最终缓慢流血而亡。"

在所有这些伤痕中，最深的一道是在三百年前的康斯坦丁留下的，那时库玛伊刚刚掌握了人类联邦的实权。

一名年轻的女巫嬷嬷与一个魔精石匠私通产下一名女婴，令她失望的是，这女孩却像极了她的父亲。

库玛伊嬷嬷们不是处女，但她们应当保持血统的**纯正**，即便三百年前还处在启蒙时期的尾声，女巫嬷嬷们也已经开始宣扬魔精是**不洁生物**的理论了。

主母教长没有把那名女婴交给她的父亲，反而**杀了她**，把她的尸体**像垃圾**一般丢在一个盒子里，放在石匠的门口。孩子的母亲，那名年轻的女巫，也被处决了。

愤怒席卷了整个魔精帝国——从黄昏之庭到黎明之庭，从泰芮亚到阿坎格拉斯——而随后发生的侮辱更加剧了这种狂怒的情绪……

主母教长从未因为她所犯下的罪行受到惩罚。

人类联盟的首相澄清说这谋杀是在**执行宗教法令**，所以不在法律制裁范围之内。这一说法创下了危险的先例：库玛伊可以在联盟境内随心所欲，不会受到任何约束和惩罚。

库玛伊抓住了这个特权——而一旦大权在握，就很难再让她们放手，虽然之后首相做出了一些尝试，并取得了小小的成功。

但显然，那还不够。

尽管你有女神的眷顾，但如果狼后发现你在战争期间距离找到那个怪物仅有一步之遥，

差一点就能拥有它，她还是会毁了你。

差的可不止一点，不仅是现在，七年前错过黎明之物时也是。

你已经比千年来的任何人都要接近了。

当然，除了你妹妹。

抱歉，我失言了。

不，你没有。

我的士师大人啊……

……你在爆炸中心找到了幸存者，没有人能做到这一点。

八个魔精小孩从康斯坦丁爆炸现场离开，安然无恙。

你找到了其中六个。

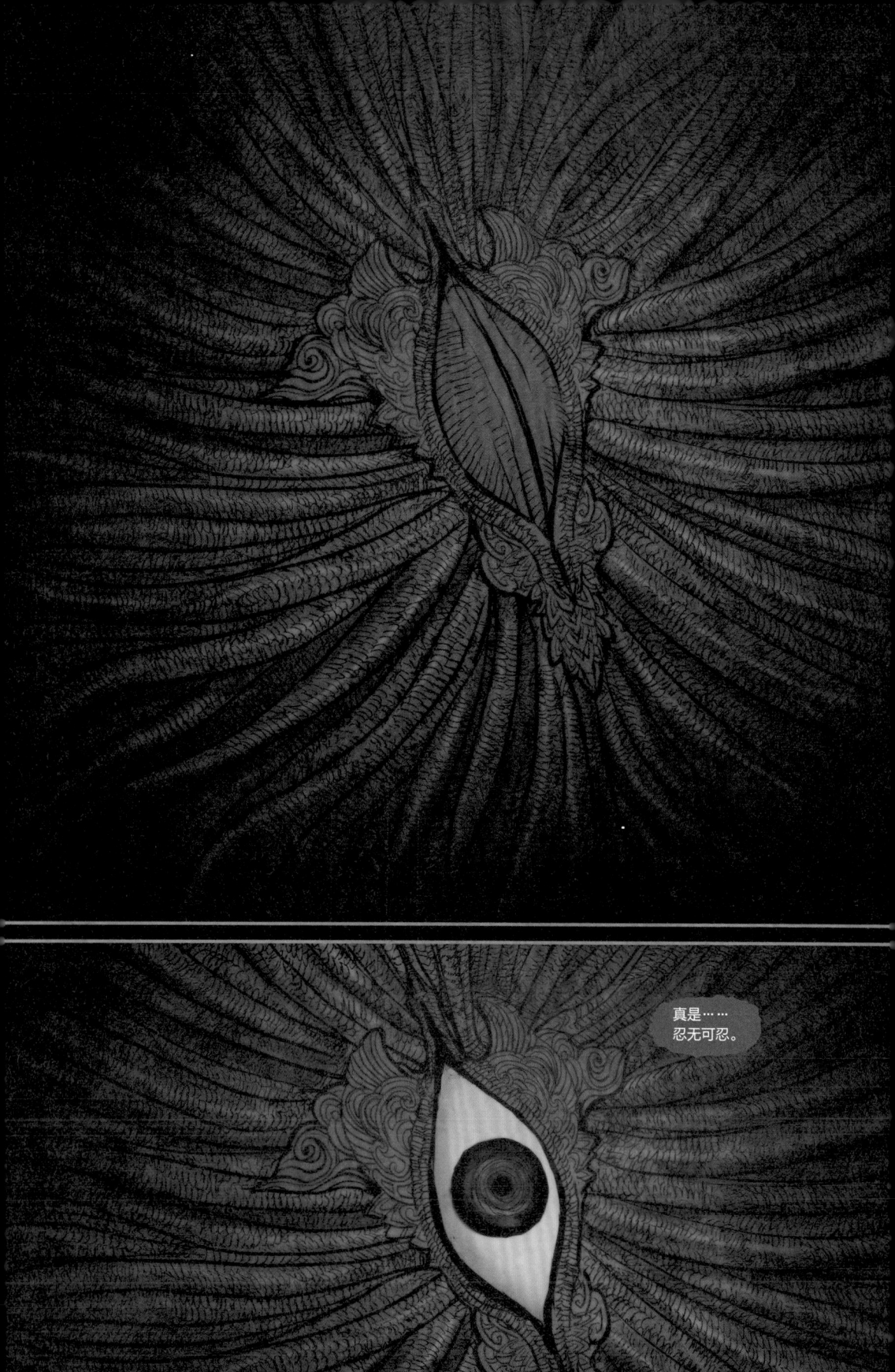

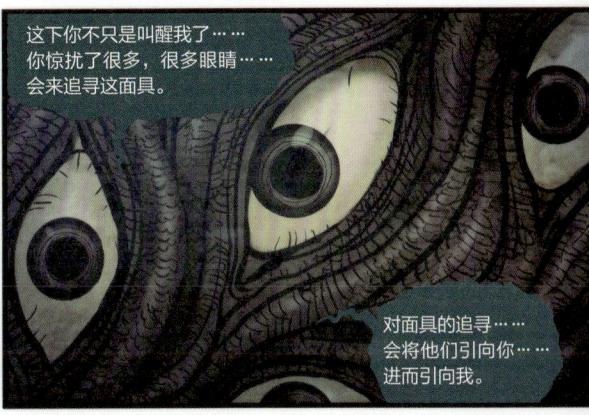

以下摘录自可敬的**塔姆·塔姆教授**的讲座，这位渊博的学者是南农·黑爪的同辈人，曾任伊思哈密圣殿的首席书记官。

诗人们会第一个承认，没人能确认先祖们的起源，即便是他们——用尽了自己卓越的智慧——也做不到。

就连先祖们自己也说不确切，先祖的起源是九大未解之谜之一。鬼魂们对此缄口不言，女神乌巴斯提——以她的名为圣——也是如此。

但我们确实知道谁是第一个混血魔精。

听着，猫崽子们，曾经有戒律，一位先祖可以有人类恋人，但他们之间不会有结果，不会有子嗣，这种事几千年来都不曾发生过。先祖之间也极少会有后代，不过这对他们并不重要。

人类被当成一种富于异国情调的消遣。他们聪明、幽默、勇于探索——而且很快就把先祖当作旧神的使者来崇拜，权力是诱人的——记住这一点，没有人能够完全抵御它的诱惑，哪怕是乌巴斯提最伟大的仆人。

不朽使得生命失去了紧迫感，也让很多事情变得不那么重要了。

但权力有时也会有自己的意志。有人认为，正是创造了先祖的那种神秘力量又重塑了他们——打破了先祖和人类血肉之间的最后一道屏障。

于是，有了这样一个孩子。

在她出世前，没有人意识到她的血统。直到助产士看到了婴儿的脸，发现抱着的不是一个小小的先祖，而是一名小小的人类。

诗人茹斯克亚确保在记录中隐去了孩子的真名，但我们都知道她。

因为她就是后来的萨满女帝，有史以来第一个，也是最伟大的混血。她，甚至比先祖们还要更强大。

噢，这个混血儿把他们给吓得够呛，其他的先祖差点把这孩子给杀了。要不是因为这孩子的母亲大权在握的话，他们一定会这样做的。

当然，这还少不了猫族的援助。伟大的诗人茹斯克亚·铜爪偷偷把婴儿带走，并在乌巴斯提的神庙中把她养大，而不久之后降生的混血儿们就没有这么幸运了。

是她为一个新的种族铺平了道路，这个种族既是先祖，又是人类……

……这就是魔精。

她，震撼了世界……

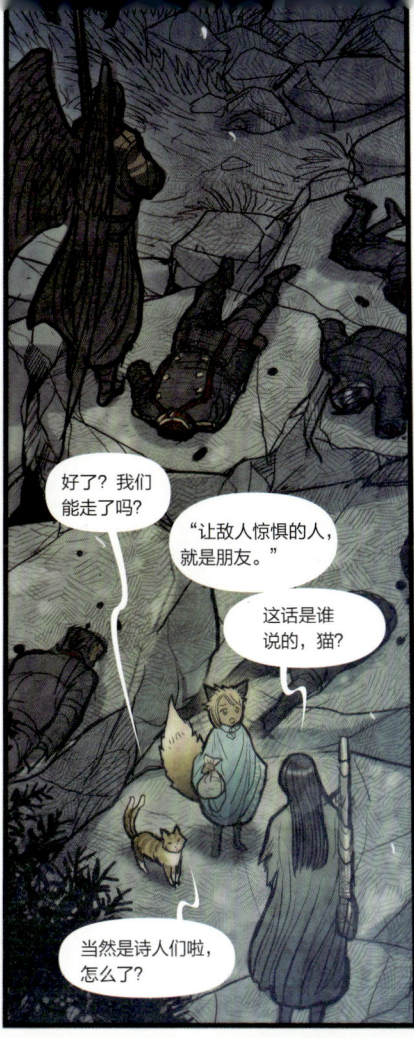

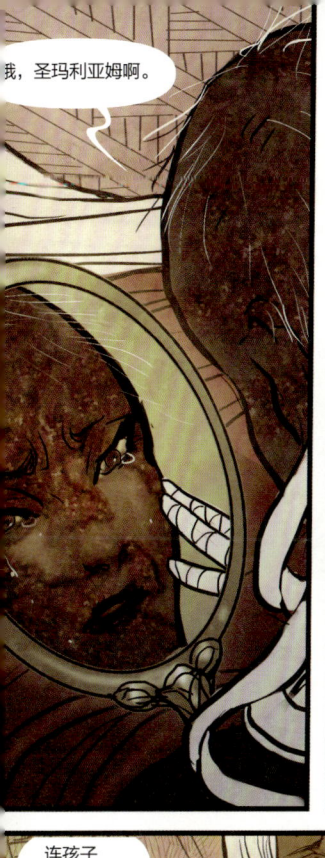

古德威尔舰长,再见到你真开心。

我也是,雅缇娜小姐,好久不见。

因为最近发生的事情,你家里人有点儿担心,你姐姐派我们来,以便让我们随时听候你的差遣。

非常感谢,舰长。我的客人呢?我想他在下面还安全吧?

没人看见我们带了他,还有那孩子。

孩子

塞巴斯蒂……到别的房间去。

真是的,雷萨克。感谢圣玛利亚姆你离开那地方了。

"我希望我们能记得这一点。"

"被女巫抓住的时候,我们都没什么两样。"

哦,一个黄昏之庭的代理人,真稀奇。

我想在墙上挂上一对翅膀已经很久了。

对,大锤,这是个大阴谋,远比我们想象的严重。

我想,也许,我们将享受一两次审讯。

"……在杀戮开始之前。"

稍微休息一下,后面的路我们要牵马步行了。

顶上是一个旧碉堡,我们在那儿过夜。

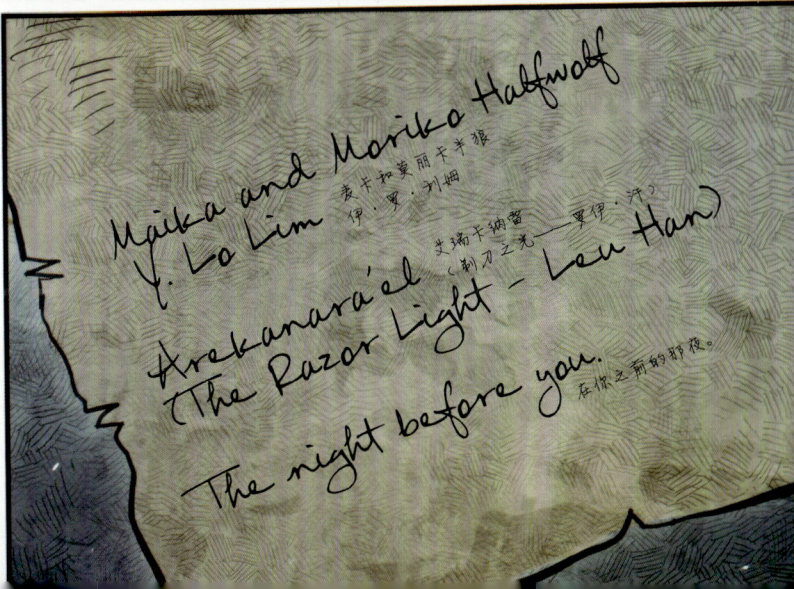

无聊。

无用。

也许看够了这些……就能放我回去沉睡了……也能终结我的悲剧。

之后,伊薇特会背叛我母亲……然后会有一场大火……

啊……终于……看到有意思的了……

这是……怎么回事?你在……睡觉,或者说你……之前是,你怎么可能……来到这里?

我母亲死了……大家全死了……我在沙漠中游荡,直到我遇见图娅……

这是他们找到面具的时候。

有趣。这个样子的你……想必是记忆回归。

两个回来找我太蠢了,别再做了。

我们非来不可啊,什么比……忠诚更……,是不是啊……

是啊……基帕。

是那个怪物女巫……吃了你剩下的手臂吗,小姐?

不是的,小狐狸……是我自己做的。

我……发了脾气。

嗯?

经历这一切之后,图娅……也许你以为我会变得更加恐惧……

但我反而……充满希望。

小姐?

是不是很奇怪?

……出那鹰了?

猫……那是不是……

不是,绝对不是。

为什么真相的一角……尽管真相残酷而可怕……却让我有那一瞬间感到……我的生命是有意义的?

以下摘录自可敬的**塔姆·塔姆教授**的讲座，这位渊博的学者是南农·黑爪的同辈人，曾任伊思哈密圣殿的首席书记官。

从前库玛伊只是人类部落中一个不起眼的小教派——由圣玛利亚姆的十三个使徒创立。圣玛利亚姆是一名人类女性，十五个世纪之前出生在加里利亚海滨。

圣玛利亚姆本人是个稀世天才：拥有作曲家、科学家、治疗者等多重身份。仅仅这一点就让她有了极强的影响力，她还拥有一部分人类女性与生俱来的天赋——例如，她能读心，还能占卜未来。

她曾经准确预测了一次袭击加里利亚的海啸，精确到小时，因此拯救了上千人的生命。

她也是第一个推测出百合露存在的人类。

百合露在先祖和他们的后代之中不是什么了不起的秘密。这只是死亡的副产物，一种假以时日就能从死者的尸骨中萃取出来的物质。

也许，像一些诗人推测的那样，正是这种物质赋予了先祖魔力。

圣玛利亚姆发现，只要施用得当，百合露不仅能增强人类的头脑与体魄……它神奇的修复能力甚至可以延长人类的寿命。

圣玛利亚姆大多数的研究成果都遗失了——她也迷失了自我，她的后半生转而专注于神学研究，作为一名女科学家，这本该是她嘲笑的对象。

然而她对百合露的研究却产生了意想不到的后果，以至于诗人娥菲娜·黎明之爪在一千年前预言：百合露会使人类和魔精陷入一场灾难性的冲突。

很多人认为诗人是个蠢货，毕竟，那还是和平时期。但乌巴斯提赋予了娥菲娜澄澈的视野，使得她能解读出命运的草蛇灰线：人类对力量的欲壑难填，使得他们不计代价……

……而库玛伊教团一直不遗余力地秘藏着圣玛利亚姆关于百合露的研究成果，利用这些秘密知识建立起自己在人类部落中至高无上的地位。

对于库玛伊女巫来说，百合露是她们取得优势的关键，而百合露只有一个来源。

在人类和魔精的所有争端之中，有哪一次没有库玛伊对力量的贪婪渴望参与其中？

有多少人因此而死去？又有多少人将要因此丧生或被奴役？

想想吧，猫仔们：在这些神圣的骨头里，蕴含着我们的敌人不惜摧毁世界也要获得的力量。

魔幻 第一卷 觉醒

[美] 刘霖萝 著　[日] 武田沙娜 绘　邱婧 译　孫子 校

出版统筹：董曦 米凯
责任编辑：庄庆
责任印制：李珊珊

出版发行：新星出版社
出版人：马汝军
社　　址：北京市西城区车公庄大街3号después 100044
网　　址：www.newstarpress.com
电　　话：010-88310888
传　　真：010-65270449
法律顾问：北京市岳成律师事务所
读者服务：010-83310811　service@newstarpress.com
邮购地址：北京市西城区车公庄大街3号丁 100044
印　　刷：天津图文方嘉印刷有限公司
开　　本：258mm×168mm　1/16
印　　张：13
字　　数：40千字
版　　次：2018年12月第一版　2018年12月第一次印刷
书　　号：978-7-5133-3296-5
定　　价：109.00元

版权专有，侵权必究。如有质量问题，请与印刷厂联系调换。

出版统筹：董曦 米凯
策划编辑：李薇
装帧设计：张春妮
特约编辑：邓蒙荣
美术编辑：张薇

著作权合同登记号：01-2018-6561

MONSTRESS VOL 1-2 is TM and © 2016 - 2017 Marjorie Liu & Sana Takeda. All Rights Reserved. Published in the United States by Image Comics, Inc.: www.imagecomics.com. For the Chinese (simplified) edition: © 2018 Hongyue Scientific and Technical Co., Ltd. All Rights Reserved. [translated into Simplified Chinese] For international (foreign) rights inquiries, contact: foreignlicensing@imagecomics.com.

图书在版编目（CIP）数据

魔幻．第一卷，觉醒 /（美）刘霖萝著；（日）武田沙娜绘；邱婧译．— 北京：新星出版社，2018.12
ISBN 978-7-5133-3296-5

Ⅰ．①魔…　Ⅱ．①刘…②武…③邱…④孫…　Ⅲ．①长篇小说—美国—现代　Ⅳ．①I712.45

中国版本图书馆CIP数据核字（2018）第243797号

作者及插画师简介

刘翼琳是一名律师，也是十二年前国内较早接触漫画书的作者。她的漫画作品包括《X-23》《新章节》《黄昏女侠》《恐怖X挡案》等，她现居居于马萨诸塞州的波士顿，并在律师执业工作之余担任该漫画脚本与作化推广。

盖田莎娜出生于日本新泻，现居居于东京，是一名插画家和漫画家。她在20岁时开始了职业生涯，后因日本再无无法发挥画家才能，如今她仍然活跃在漫画及插画领域，为书籍创作了《X-23》《恐怖女士》等作品，并为本书撰稿设计了卡牌游戏收藏家用插画。

弗朗，一名热爱美术的ITT员工，擅长抚养孩子，目前致力于无偿的弗朗公社，TIF工作室成员。工作室成立于2008年，兼属于奇幻忍者西漫画爱好会，曾法兰克·米勒图文小说《罪恶之城》《M代表魔法》、弗兰克·米勒图文小说《罪恶之城》《300勇士》、乔治·马丁《冰与火之歌》的手漫画等作品。